Adult Medical Examination

わたしたちの肉体は
大陸そのものです
十二の河があるのです

そばには家々が並んでいます
いくつもの窓が開き
風が出入りをしています

わたしたち　どのような運命により

いまこうして　同じ星に
時代に　街に　暮らしているのか

はるか遠くの険しい山間から
投げ込まれた　春の雲があります
ああ　頭のうえに浮かんでいます

孤独な釣り人は
豊かな川面を見つめて
とても　正確に　無機質に

歳月という　ライ魚の姿を
虎視眈々と　のぞき込もうとする
ああ　獰猛な男の影があります

内視鏡は
鼻の穴から
胃袋の洞窟へと入り込んできた

Bag

カバンの中に何が入っているのか
それぞれがそれぞれの世界を抱えて
お互いにそれを知ることはできない
思いをめぐらしていくしかない

誰一人として同じカバンを持つ者はない
その中の宇宙で何が起きているのかも分からない
それぞれの内部にそれぞれの暗闇を抱えて

本日も明るい陽射しのもとへ

ぶら下がる闇の中では街がいくつか無くなっている
ぶら下がる闇の中では蛙が一つ飛びをしている
ぶら下がる闇の中では旅客機が夜明けの空を渡っている
ぶら下がる闇の中ではランプを消して本を閉じている

二人で待ち合わせて街をぶらぶらと歩く
おしゃべりには他愛がない
それぞれの宇宙の始まりと終わりにも
誰かがベンチにカバンを置き忘れたままで逃げた

耐えられなくなったのだ

Ban

満員電車で
待ち合わせている人
知らない方なのだけれど
必ず　その席の前に行く

その座席の
彼は紳士だ
とてもゆっくりと

深呼吸するようにして
立ちあがり
やわらかな顔で
決まって
二つ目の
駅で降りていく

朝の背もたれはそのままに
やさしい不在となる
わたしは　そして
そこに座る

ある駅から
前に立つ別の人がある

いつもと同じ表情
わたしが下車をすると
その後に腰を下ろすため
しばらくの間
わたしたちは沈黙

たくさんの人いきれ
二人はとても静か
深い海の底の
真っ赤な海老となり
長々としたひげを
動かしているかのよう

決して
話してはならない

交代する わたしと あなた

Blood

危ないなあ　一匹の蚊にねらわれている夜更け
耳元で羽の音がしたから　この世の果てまで
明るい茶の間まで　急いで逃亡する
逃げ切ったはずなのに　血の悪魔が襲ってくる

奪うということは　このようにも罪深くて
とめどのないもの　これまでの略奪や
凌辱や処刑を　人類として思い出しながら

テレビは　点けっぱなしのままになっていて

シマシマの影は
俺の全てを求めている　その針の先で
宇宙の真理を尖らせて
おおいかぶさろうとしている　観念するしかない
年月を捧げるしかない　吸血の悪意というものに

両手で叩く　手のひらに一点の赤
虫の影がはらりと　床に落ちる
たったいま　権力者の命を剥奪した
俺の血を　盗もうとしたからである

Body temperature

体温計を
はさんで
熱は
昨日よりも
ずいぶんと
下がったみたいだ
良かったね
雲に

ささやかれると
しかし
また
風が
熱くなった
あわてて
青い空の果てを
眺めてみると
氷山のかけらが
ゆっくりと
近づいてくる
北極から
切り離されて
やってくるもの
迫り来るもの

Coins

きみは真冬の駅までやってきて
きみは重たいリュックを下ろして
きみは列車の席に座って
きみは窓の風景を眺めて
きみはひとつ涙をこぼして
きみは重たい荷物をかついで
きみは三つ先のホームで降りて
きみは雪の舞う道を歩いて

きみはコインをポケットから
うっかりと落としてしまって
少しだけ音が鳴って
真っ青な空の寒さに
吸い込まれていってしまう
それを拾うと
さびしさがこみあがる
丸い硬貨の　おもてに
うらに　冷たさに

静かに消えていこうとする一瞬は
きみに嘘をつかない
近くの踏切りが
カンカンカンと鳴り始めた
もうすぐ列車が通り過ぎる

カンカンカンと鳴り始めた
近くの踏切りで

きみに嘘をつかない
静かに消えていこうとする一瞬は

Dinner

夕食の献立は
あれこれと
考えているうちに
歳月は
過ぎていった

あの日から
誰もいなくなった

台所がある
無人の家族の影は
考えあぐねている
味つけを
この国の塩かげんを

茶碗は白くて
夕焼けを映して
心のように
割れて
しまわないため
涼しく
食器の棚に並んで
ある
小さな皿も

サラダボウルも
コーヒーカップも
箸置きも

鍋がぐつぐつと
煮えてきた
ずっと

空っぽのままで

Disappearance

人々の　群れの後ろにいると
草原で　羊を追いかけていた記憶がよみがえる
止まれ　そんな経験は一度もない
心に誰かの過去が　宿っているのだろうか

ところで　村に頼りにされた　若い羊飼いとして
雄々しく　人生の真理を　追いつづけてきた
どうしてもたどりつけない　はるか　かなた

どこか　平原で　いつも風に吹かれて

彼らは　白黒の犬に追い回され　吠えたてられて
ときに草を丸めたような　糞をぽろぽろと落とす
ていねいにそれを拾って　袋に入れて
そして悠々と　青空の真ん中を泳いだものさ

草と土の間に　探ったそれを　からからに乾かして
点火すると　青く　よく燃えた
待てよ　いま俺は新宿駅の改札口を抜けたばかりで
すれ違った　男の目に　その炎を見たのである

Dogs

犬に　追いかけられたことがあるかい
いくら足を前に出しても　駆けるほどに
走って来る　こういう時は
背中で聴くしかない　四つの軽快な足音を

噛まれてしまったこと　俺はないのだけれど
アニキはジーンズの上から　太ももをがぶり
穴が開いたのを　自慢するようにして　みんなに

見せていた　ケガはなかったか　あまり思い出せない
試しに　犬に追いかけられてみるといい
悪夢ってこういうものか　はっきりと分かるから
やって来るんだ　牙をむいて　舌を動かして
荒い息で　高潔なまなざしで

ああ　思い出しただけで絶息しそうだよ

ふと

目覚めた　布団のなかに　黒い毛の
生き物が眠っている　なまあたたかい寝息　ひどい匂いだ
こいつは獰猛だ　少しでも動いたら　噛みついてくる

どうすれば良いのか
もう一度　眠るしかない
夢の中へ
そっと逃げるしかない

Equator

シンガポールの屋台で　美味いビールを
飲んだ　輝く夜景も　汗をかいていた
甲羅を外して　仲間と大笑いした
蟹とチリソースを　味わった　あちこちの
テーブルで　ヤシの実にストローが刺さっている

夜更けにみんなと別れて　異郷は孤独な顔になった
宿のベッドに倒れこむと　赤道がやってきた
しばらくじっとしていると　シーツのしわの上で

ピーコックバスが　レッドデビルが　飛び跳ねる
そして　どこかへと潜ってしまった

それがやって来たこと
わたしは誰にも語らないだろう
話をしても仕方のない気がしている
あまりにも本当のことだから
ライオンの口からあふれる水を想った

ところで精神の日焼けの熱は下がらない
寝返りを打っても
あるのだ
隣に
真っ直ぐにどこまでも伸びて

絶対にゆずれない何か

巨大なものとの
添い寝はつづいていく
わたしはついにまどろむ
暮らしと夢の分かれ目で

ゆれる黒い海のどこかで
小さな釣り舟になって

Foreign country

いつも気温は三十度に近い
でも雨季の頃はまだ過ごしやすい
信号が変わるのを待っていると
風が汗をかいているのが分かった
シンガポールの真ん中でラグビー

シンガポール・リバーではボートレース
やっと待ち合わせることが出来た

わたしの影はここに暮らしていた
なるほど　見つからないわけだ
黒い中年の男は　けらけらと笑った

わたしは人生を棒に振ってばかり
彼は器用に上手くアジアを生きていた
二人で　待ちぼうけのように立ち続け
鳥　雲　そして雨がまた　やって来た
男は傘をさした　わたしはずぶ濡れ

ため息をつけば　隣に入れてくれた
いつになったら背中に帰ってくるのさ
恐る恐る聞いてみると　鼻歌まじりに
戻る気なんか　さらさらないさ

ここは　ずっと夏だ

おれは　このまま陽の光になる
次は　きみが　誰かの影になれ
日本に帰ったら　しっかりと
貪欲に　冬を生きるがいい

Fruit

さびしさは　果物の内側にある
それを探し当てたくて
ナイフを入れる
甘い果肉も
したたる汁も
いらない
たった一個の
泣きたくなるような
種子が

真ん中に
あればいい
皮を剥く

Gate

門の前に立って　うつむいて
誰かを待っている　慌てて
やってくる人に　遅刻の理由を聞き
書きとめる役目がある

それぞれに　そのワケはある
それに　耳を傾けているうちに
たくさんの時間を　相手にしているかのような
心持ちに　いつもなって　途方に暮れてしまう

みな自分を雄弁に語り　そして門の中へ
堂々と入っていく　何だか　気が遠くなってくる
一人ぐらいは　ただ謝罪をする者がいてもよいのに
したり顔でやってきて　しゃべっていく人ばかり

やがて　帳面がびっしりと　記録の文字で
埋められたから　仕事を終えることにしたい
そろそろ交代だが　次の門番もまだ来ない
立ち去りたいが　次々に歳月や季節がめぐってくる

I'm home

ただいま　靴下を脱ぐとき
一日が
裸になってしまうようで
うつむいたり

笑ったり
涙が出そうになったり
考えこんだり
なかなか

裸足になることが出来ない
夜もある

ふと
アパートの窓
南向きの
一枚
開けると
やっと
風が吹き込むだろう

思い切って
脱ぎ捨てて
そうして
草の上を

すべるみたいにして
床を行こう

足のうらには
ほら
涼しい
麦の穂の
先がある
平原がある

In the morning

朝になると白い馬の
影だけがやってくる
絶え間ない波打ち際で
足跡だけがその先へ

真昼になると赤い馬の
影だけがやってくる
きらめく河口を眺める川岸で
姿のない肢体が水を飲み

夕暮れになると栗色の馬の
影だけがやってくる
涼しい風が渡る草の原で
きりぎりすの太ももが世界をまたぎ

たくましい一頭の影だけが
真っすぐに駆け抜けていく
そして夜の終わりには軽々と
しなるその背中へと太陽を乗せて

地球をいつも
半分だけ
光らせている
四本の風の足

Laughing alone

共同浴場の　脱衣所で
誰もいないことをいいことに
風呂上がりに　体や足も
ろくに拭かずに　歩き回った

濡れた足あとが　フロアの一面に
何とも愉快な気持ちになった
はっと　われに返って
一つずつタオルで消すことにした

でも　後先を考えずに
仕出かしたことを
こうして　ぬぐえるのなら
まだ　良いではないか

水びたしのままの
足あとは　この国の
そちら　こちらに
もっと　あるじゃないか

手に力をこめて
床を這って
丸裸で
一人笑う

Logging

髪を
切る朝には
誰もが
早く目覚めるだろう
森を吹き渡る風の歌や
肉を食む
小さな獣たちの足音を耳にしながら

髪を短く
そう心に決めてからは
誰もが
いそぎ支度を始めるだろう
窓に差し込む
まぶしい光に目を細めて
揺れる木と木の間の
小道を想いながら

やがて切られていく
一つ一つ森林は倒されて
陸地がむき出しとなる
先ほどの風景が
運び出されていく

そして
揃えられ　洗われて
軽快な頭がある
乾かされ　整えられて
爽やかである

ああ
はるか遠くまで
広がる平地に
呆然とするばかり

Loneliness

庭の
杉の木が
ゆらめくとき
たった一つの寂しさが立っている
知らないうちに
風に吹かれている
見あげるといい

涙がある日

すきとおる羽根で
窓から
入り込んできた
青々とした空も
静けさも

乱反射する眼や
天からもらった足を
傷つけないように
手のひらで光りを
包みこむようにして
逃がしてあげたいのに
このとき

とんぼは

水のように
飛び

ふと

ひとつの
孤独な
少年の頬に
消えて
みることにした

Model Gun

少年は模型の拳銃が欲しくて
一生懸命にこづかいを溜めて
いっぱいになった貯金箱を抱えて
町のおもちゃ屋さんへと急いだのだ

我慢が出来なくなって
帰り道に箱を開けてみた
取り出して引き金を触ってみたら

ふと　小さなバネが飛んだ

いくら引いても
銃は全く動かない
それが一つ無くなったのが原因であるらしい
ああ　どうして　いつもこうなんだ

★

暗いアパートメントの一室
男はこめかみに銃口をあてながら
とても短く呟いた　俺の人生のどこかに
あのバネがあったはずだが

Mountains

なるべく　冷たい水で
顔を洗う
すぐに目が覚める
タオルでこする

ああ　まもなくだ　あの山には
真っ赤な陽が当たるだろう

なるべく　熱めにして
シャワーを浴びる　このままだと
始発に間に合わなくなる
時計に目をやる

ああ　まもなくだ
あの山には　真っ赤な光が射すだろう

なるべく　履きなれているものにして
玄関で　左の靴のひもを
むすぶ
かがむ

ああ　もうすぐだ
山の東　真っ赤な血が塗られていく

なるべく　人混みを避けて
夜には　ゆっくりと　駅の雑踏を歩く
大勢の人間と　ただ一人の俺である
足踏みをして　明日の夜明けを占ってみる

ああ　あの山が
真っ赤に燃える

Mouth

星を眺めるようにして椅子に座ったまま
口を開けるよりほかに方法はない
はるかかなたの国で雨の中を列車が
激しい速度で突き進むことを想うしかない

奥の歯が削られているけれど
一つの惑星は消滅を内蔵して浮かんでいる
命じられて顔を起こして口中をゆすいでみると
星の裏の森林で猿の子どもが歩き始めたことが分かる

機械の先は口腔の深海魚の巣を鋭くまさぐり
掘り進められているうちに現実は唾液に満ちてくる
嵐を前に波浪する沖を照らす灯台で熱心に働いている人に
雲の行方にある真っすぐな道の果ての風景を贈りたいと願う

やがて一本の電信柱がごっそりと空へと消えていった
痛みもなく神経は歯茎から引き抜かれたが
生きてきた歳月の穴を無人の闇に吹く風が撫でていき
これからの人生においてあと何回ほど口を開けばいいのか

No Implicitly

わたしは　鳥の姿が消えてしまった鳥かごです
いつもせわしなく　小さな彼は飛び回り
羽を動かして　跳ね回って　しかし
ある日　突然に　震えながら死んでしまったのです

彼の姿が　消えてしまった時
急に　風が吹き始めました
今まで　感じたことなどなかったのに　それからは
見えない何かが行ったり来たりを　繰り返します

わたしは　がらんどうだったことに気づきました
一個のカゴでしかなかったことに
小さな翼と足があった時は
わたしも　空の広がりを一緒に想っていました

ふと　鳴き声が　聞こえてくることがあります
せわしなく動き回る気配や　息遣いが
はっと目覚めるようにして
いつもわたしは

無人の部屋に　むやみに　吊るされています

No Sleep

ぽつりと雨が　降りだしてきて
急ぎ足で　帰っていくと
明るい春の街並み　それぞれの灯の下で
懐かしい人の面影が　微笑んでいるみたいだ

家に戻ると　たくさんの靴が並んでいる玄関に
小さな石が　紛れ込んでいた
それを庭先へと　放りなげて
明日の天気を　占ってみた

ふと　練習のさなかの　ピアノの調べが
空のふもとから　ゆっくりと歩いてきた
いくつもの季節が　夕食の後にでも
近所の友だちみたいに　訪ねてきてくれるといい

一瞬のあいだに
世界を一周してきた
おれの靴は
ここにある

Omelette

シャワー
まばたき
トンネル
シグナル
山の奥
段々畑
鉄橋
蒸気機関車
こだまする汽笛

日々の暮らし
連なる影
もくもくと
煙を吐き
あわてて
まばたく
一日の始まり
さっと
タオルで
体を拭き
キッチンで
湯気をあげ
トマトスープ
コーヒーを
淹れて

クレソンサラダ
ベーコン
オムレツ
トースト
バターナイフで
朝の光を
切る

Presently

これまでの二人の時間を
ぜんぶ現在の言葉に変えてしまうぐらいに
「この道の先のアフリカで
雨が降っている」

僕らは話すのを止めなかった
そしてハイウェイには終わりがなかった
はるかな街にたどりついて

人通りの良く見える半地下の店で
コーヒーを飲み始めた

とたんに
もう語ることはなくなった
そのまま風に見とれていた
鳥は沈黙したまま
もっと鳥になってしまった
逃げるようにして
浮かぶ雲は
考えることを止めようとはしない

やがて
夜の田舎道をずっと
帰ることにした

僕もきみも黙ったまま
マイルス・デイビスを聴いた

丘の向こうに
昼間に夢中で走り抜けた
ハイウェイが
小さく光って見えた

僕らは結婚する

Rain of the morning

朝に　雨の音で目が覚めて
今日もこれからすり抜けていくだろう
いくつかの駅の改札口を思う
何回も繰り返される　亡命のときを

どこか近所で　犬と鶏の鳴き声がする
すでに　世の中は動き出している
星や雲や風は　停まらずに通り過ぎていって
始発の電車は　とっくに人々を乗せて丘を越えている

とっさに　忘れていることに気づいた
けれど　それが何だったのか　思い出せない
叱るように　もっと強く　ばらばらと降り
遠い空から　真実の面持ちで迫ってくるもの

呆然としたまま　やがて身支度をして　駅へ
電車を前にして　定期券をかざすのだろう
飛び込むように　傘を閉じて　狭い席に座って
ああ　ようやく分かるのだ　少し前まで

鳥だったことを

Rain Shower

スコールと食事をすることになった
ずっと服装はどうしようかと
悩んでいたが決まらなかった
相手はたとえようもなくずぶ濡れの格好だ
というかそのものだ
僕は蝶ネクタイを買ったことがない
乾杯!
まずはスプマンテを一本
次に白ワインへ

雨足がとにかく強いので注意するしかないが
蟹の足をせせりながら馬鹿話はつきない
突然のサイレンにふり向けば正午
皿には飛行機雲が盛られていて
手長エビのリゾットは地中海の底を想わせた
永遠を分かち合うなら
タコのカルパッチョがふさわしい
何を話しても全てを語り尽くすことは出来ない
あきらめて笑っているけれど
きみはもっと豪雨になってしまった
アンチョビとトマトの
ピッツアにタバスコをかけてもよいものだろうか？
きみが急におし黙るのがとても可笑しい
メインのポークのローストを食べ終えて
コンポートとして添えられた桃を切ると

エスプレッソが来た
すぐに
雨が上がり
僕はタクマラカン砂漠に
どこまでも伸びていく影

Return home

出来るだけ
そっと
カギを開けて

すっかりと
深く
ベッドで
眠っている

影の
俺を
起こさないように
添い寝して

こうして
黒い
本物の
俺が
深夜に
帰宅してくる

力なく
俺たちは
口もとをゆるめて

同じ顔つきで
何やら
思い出し笑いを
しようと
すると

また
帰ってくる
俺がある

Shell

何かに
追われる
くらいなら
などと
うそぶき
青空に
溶けるように
さなぎたちは
幹につかまり

脱皮を始めました
鋭い季節が
やって来ています
みあげると
いいでしょう
大きな木が
風を受けて
ゆらめくときを
そうして
微笑むのです
せみの殻を
涼しく
抜けだして
さびしい背中で
羽根をひろげて

泣いている
大人たちへ

Stand Up

私は　ぼんやりとたたずむ
一本の　静かな電信柱です
人の気配のない　道の脇に沿って
少し　下を向いて　立っています

晴れた日には　くっきりとした影を作ります
いつまでも　歳月が流れます
柱は　次の柱へと　影は

次の影へと　線は　次の線へと

雨の日には　ずっとそれに打たれます
傘をさして　ようやく誰かが通ります
でもまた　人の姿はなくなります　強く降って
寂しさは　すっかりと　洗われていきます

いつまでも　立ち続けるしかありません
いつの季節も　電線は風に吹かれているばかりです
あなたの孤独な風景の中に　必ずあるはずです
目を閉じて　そのまま　立っている柱が

Star story

夕暮れが真っ赤になって
踏み切りを歩いていて
呼び止めてみると
振り返らずに
そのまま
赤信号の色になって
立ち止まるしかない
電車がやって来た

それを見送ると
バーがあがった
北へと向かう長い影

あれは流れ星のしっぽだ
つかみ切れない
本日の夜空の
仕掛けも

やがて星は帰宅した
手や顔を洗っても
消えないもの
タオルで拭いていると
涙をぬぐっている
気持ちになって

吸いこまれていきそうだ
やわらかなその生地に

星はソファに
腰を下ろし
ため息をつく
うつむいたまま
コーヒーカップには
風や光や雨や虹が
入り込んできた

口づけると
やさしくて
苦い味わいが

やってきた
まだまだ
流れていくものか
天井を見あげる
ことにした

Swallow

子どもが
ボールを投げた
それを元気よく
友だちが打った
飛びこんでしまって
窓ガラスが割れて
それがそのまま
きみの知っている

春になった

道ばたで
それを
見ていた
ちっちゃな
子どもが
かわいらしく
噛みはじめた
ガムの中に
あたらしい
五月の
旋律が
あるに
違いない

それを
眺めていた
ぼくの心の中で
鳥が
巣を作り始めて
まもなく
出来上がる
しばらくすると
口を開けた
ひなが騒ぎ出す
母鳥は忙しい
青い空が
雲を浮かべ
ぼくは

笑うだろう

That's all

夜更けに目が覚めると
足音が聞こえた気がした
かちゃりとキッチンで音がした
ピンポンとチャイムがなった

誰かが庭でおしゃべりしている
樹木が揺れている
バイクが静かに通り過ぎていった

洗濯物を干している気配がする
誰もいない街や港や海辺があるのに

僕らはここでこうして暮らしている
消えてしまった　それぞれの一日が
みな寝静まってから
やって来るのだ

人恋しくて　暗がりから
皆を起こさないようにして
そうして　全員で
闇の中へ

Time difference

急ぐようにして
南の風は
いつもの
熱帯雨林の道を
歩くのだろう
まだ人影もなくて
そのような
広々とした

かなたの朝が
日本で生きる
わたしたちの気持ちの
どこかにあって

いまごろ
その国は
夜明けだろう
はるか
波打ち際で
濡れた砂は
迷いのない
光を浴びて
はちみつの色に
なるのだろう

こちらは
これから
暗い夜へと
足もとから
かたむく
やがて
やわらかな
雨は降り
花や木はうなだれ
屋根は涙を流し
帰り道の
途中で
この国の
終日と

横断歩道を渡る
白い
傘の一つを
許すしかない

Time passes

列車が通り過ぎた後のホームには
誰も開かない手帖があった
水を飲まない薔薇があった
鍵のない自転車があった

列車が通り過ぎた後の踏切には
片方だけの靴があった
溝のない古いタイヤがあった

名前のない犬の首輪があった

列車が通り過ぎた後の海辺には
難しい哲学書があった
錆びついたベンチがあった
鉄の鍋と畳と屋根があった

列車が通り過ぎて
猫の淋しさと犬の不条理と
猿の絶望と鶏の希望と
僕の誕生があった

列車ではなかった
イルカの群れだった
ライオンの家族だった

妖精だった　その他の全てだった

Typhoon

窓を開けて　どうぞお入り
風はある日
うつむいて　あがりこみ
静かに語り　また出かけて行った

風はある日　カーテンに顔を隠して口ずさんでいた
聞き覚えのある調べに　耳を傾けてみる
小さな鳥の目に映る　野原が見えてきた気がした
色づいてきた　実りの季節の入口が

風はある日　荒れ狂いながら　雨戸を叩く
誰の心も寄せつけずに　鉛のような雲を呼び　叫ぶ
空から投げつけられる水の玉と　地上に釘を打つ稲妻
落ち着くまで　台所でコーヒー豆を挽いているしかない

風はある日　しずかに止まった
通りに出て　ふと見あげた
はるかに　一日は過ぎていった
靴の先に　秋があった

Umbrellas

わたしは忘れられてしまった　白い傘です
座席の手すりに置かれているままで
丁寧に　たたまれています
今朝から　激しい雨が降っていました

それが　昼下がりには止んでしまった
主人は　帰り道にはもう　わたしなど
要らなくなってしまったようです　これからも
晴れの日があれば　雨の時があるのに

どこまで　運ばれていくのでしょう
きれいにまとめられてしまった　寂しさを
誰も　気づいてなどくれないのでしょう
声を殺して　静かに震えていることを

町が遠ざかります　緑色の背もたれに　寄りかかる
あなたが　ふと見つめたその先に　沈黙があります
なすすべもなく　正確に　整えられて
置き去りにされて　列車に揺られて　白くて

Voice of the wind

音が
気になってしかたがない
あらゆるものが
追いかけてくる
ぴったりと
耳をふさいでみる
やってこないように
少しの物音も
ささやきも

憎らしい
この執拗な
何かの全てから
逃げて暮らしていきたい
静寂であるほどに
騒がしく思えてしまう
誰もが
宇宙の静けさを
望んでいるのに
どうすれば
無の世界へと
たどり着けるのか
ああ
まるごと
消し去って欲しい

はるかかなたまで
俺の叫び声が

勝手に体の中に
風が入り込んでくる
いつまでも
吹きやまない

Water

水は黙って　こちらを見つめてる
コップ一杯に　涼しく満たされて
テーブルの上に　置かれたままで
あなたと　夢中で話しているとき

ある日は　静かに息を凝らしてる
みんなすっかりと　眠ってしまった
家々の間の　小さな川のなかを

哲学者を気取って　移動するとき
ある日　それは　湧くように降りはじめる

涙が止まらなくて　空を見上げて

肩を震わせているとき　そっと
傘を差し出す人の隣で　雨になって

ある日　それは　立ち上がる
真冬の刃の風に吹きさらされて
白い火を吐く　叫ぶ
北の　荒れた海となって

やがて

黙って
静かに
優しく
なるために

Wind house

空気の入れ替えをした
二階の机の上で
詩の最初を書き出した

しばらくして閉めなくてはと思った
書き始めに夢中になってしまって
席を立つことが出来ない
風は清潔に吹き渡っていく

小さなカマキリが一匹
入り込んできたのが
分かった気がした
静かな気配だ

あれこれと歩き
どこかでじっとするのだろう
水道の蛇口からしずくが落ちた
隣家から子どもの声が甘く届いた

家があくびをした

T――あとがきにかえて

ある勉強会が年の暮れにあり、九州の海辺の町へと出かけた。そこであれこれとお話をさせていただいた。昔ながらの宿をリフォームした素敵なたたずまいの二階。潮の音が聞こえてくる。きらきらと光るTの海をすぐそばに眺めることが出来る。駅からここへとたどり着くまでに何度も足を止めて携帯で写真を撮った。昭和の時代を描いた映画のワンシーンで見たことがあるかのようなレトロな風景が並んでいた。

会が終わって、今度は本物の民宿へ。迫力のある魚料理を味わい、気のおけない仲間と酒杯を傾けながら大いに騒いだ。今回の場所などを快く提供して、エスコートして下さったYさんに途中で呼ばれた。このTという土地で自分がお世話になっている、あるご家族をぜひ少しだけご紹介させていただきたいとのこと。違う席にお邪魔する。地元の焼酎を味わいながら自己紹介をして、あれこれと語り合った。

美しい冬の満月が窓から見えた。こぼれる光を両手ですくうようにして、無数の波がそれを受けているのだろうと思った。

グラスの液体と氷とが店の明かりを吸いとって、静かにきらめいて揺れている。おそらく沖のあたりもこんなふうに輝きの破片のようなものを浮かばせながらたゆたっているのだろう。潮の気配に心を遊ばせながら波頭への想像を重ねてみた。海と月をめぐるエピソードが誰彼ともなくゆっくりと途切れずに卓上にて語られている。とても大きな地球の懐の中にいるみたいに安らかにみんなで呼吸を確かめ合っている感じがある。

私はなぜだか、しばらく前のことだが、シベリアで戦死した祖父に思いをめぐらせた一瞬についてふと話し出した。それは真冬の福島の明け方であった。大粒の雪が降りしきっている。午前五時過ぎのベランダへと出た。朝の締め切りの原稿の仕上げにとりかからなくてはならない。まずは書斎のヒーターのタンクへと灯油を詰める作業をそこでするためにであった。

会ったことのない彼だったが、凍てつく異国の残酷な寒さの中で、どんなことを思っていたのだろうとふと考える機会が多くなった。少し小降りになった気がして見上げてみると月が見えた。「シベリアの空に似ている」と呟いていた。そしてはっとした。もちろんはるか遠くの地を踏んだことは一度もない。別の記憶が宿ってしまったのだろうか。天から滑り込んできた凍った光の魔力だったか。本日の会の最初にお会いしたばかりのYさんも含めて、初対面のみなさんにこうした話をしている自分を不思議に思った。Yさんは手元の盃を飲み干すと「都会の暮らしで失ったものが、このTには全部ある。人との本当のつながりがある。思い返せば人生や世の中の不条理を知らないようにして過ごしてきた東京での生活だった。生きる、そして死んでいくことをなるべく見ないままにして生きてきた」と語りはじめた。

「それじゃだめだと思った。ここに来てから、不思議な経験をたくさんしている。このお店に、この場所に、皆で膝を交えているのも、ずっと前から決められていて、月明かりをめぐって話をすることになっていた」と静かに言った。「絶対にそうだ」とその後に付け加えた一言に興奮した感じがあって、私も大きく頷いた。

「いまここに集まるために、これまでの人生を生きてきた。そしてまた別れていく。Tはそう思える小さな海辺の町なのだ」と。九州のお酒の力なのかもしれないが、みな気持ちが高ぶっていたし、全員で光の優しい素足の音を耳にしている気がして、とても落ち着いてもいた。

言葉を交わしている中で、ご家族のお母さんが、船乗りのご主人が近海でかつて遭難してしまい、今も行方不明のままであることを打ち明けて下さった。

それを知らずにあれこれと夢中でしゃべってしまった先程を詫びたい気持ちが芽生えた折に、娘さんがゆっくりと語り出して下さった。そのことを思うと、心が苦しくてたまらなくなる日々を幼い頃からずっと過ごしてきた、と。

しかしある時に夢を見た。

夜更けの沖に流木が浮かんでいる。

もたれかかるようにして手と半身を出してつかまって、父が顔を横向きにして眠っている。

目を閉じているたった一人の姿だった。

とても安らかな顔。

その影とさざ波が照らされていて、いつまでも静かな海の時が流れている。

金色の光のやわらかな網。

それからは少しずつ、その死を受け止められるようになった、と。


民宿から戻る道すがら、車の中で広がる夜の砂浜を眺めた。「このあたりはカブトガニやウミガメが産卵しにいっぱいあがってくるんですよ」とYさんがまた教えてくれた。ぜひそれを眺めにまた訪れてみたい。

これこそはTという場所の力なのかもしれない。

命が命に呼ばれてくるんだろうなと思った。


その翌月には、カリフォルニアに居た。詩集が英訳されるとのことで、その打ち合わせや幾人かのアメリカの詩人たちと対談する機会をいただいた。

しばらく滞在することとなった。良く雑誌の写真などで眺める、サンフランシスコの都市の風景を想像していたが、用意して下さったホテルは海にほど近いところであり、閑静な場所にあった。空をカモメがいつも横切っていた。

日中に仕事や用事を済ませて宿へと戻ると、後は特に何もすることが無かった。出かけようにも夜の海辺が広がるばかり。散歩をしてみたが、人の気配もあまりなかった。月に照らされたきらきらとした波打ち際とそれに面する大きな家々のたたずまい。

少し遠いところに空港があり飛行機が発着を繰り返している。年の初めだから日本では雪が舞っているのだが、こちらはやはりあたたかい。風が涼しくて心地よい。何も考えずに岸に沿った道を行く。ほとんど誰にも会わない。今日は昨日よりもう少し先まで出かけてみよう。

しばらく歩いたらホテルに戻り一階のロビーでビールを飲み、何かを食して部屋へと行き、ラジオでも聞きながら、来月には渡さなくてはならないあるオペラの台本の続きを今晩も書くことにしよう。それは「伊勢物語」のいくつかの章段を下敷きにした構想のものである。アメリカに来て、古典に描かれたその時代の日本の暮らしを、毎晩のようにあれこれと反芻している不思議さを思った。

外では駐車場にて大音量で音楽を鳴らしながら、とても速いスピードの英語で楽し気に話している人々がある。こちらは小さな机の上でパソコンのモニターの日本語を見つめて、古の世を考え続けている。なかなか面白い取り合わせだが、何となく寂しさが急ぎ足でずっと深まっていく感じがある。

孤独感とは海に似ている。そこには様々な海面の風景があって、決して静かな湖や沼の水面のように停止しているものではない。いろいろな表情があるし、計り知れない底がある。生きるという真実のあらゆる裏側がある。そんなことを大げさに思いながらビールにもラジオにも伊勢物語にも疲れて目を閉じる。

やがて笑いながら去って行った。静かな気配に包まれると、知人や友人が波にさらわれていったことを、東日本大震災の日々から時折に思い浮かべるようになった。先日も津波から脱出してきた方の体験談を聞く機会があった。波と土砂の急流から浜辺へと這い上がってきた話を生々しく伺い、連れ去られた時の衝撃と苦悶を想像して岩のような塊が胸に置かれた気になった。ましてや水平線の向こうへと行ってしまった彼らはこの世を去る瞬間に何を思ったか。呼吸の苦しさを覚えた。もともとゼンソク持ちであるが発作を起こしているようだ。

最近の体のだるさはここから来ていた。携帯している薬をあれこれと飲みながら、回復を待った。

それでも寝込むことはなく、翌日の予定をこなした。宿に戻ると少しでもアルコールを飲まずにはいられない気がして、ロビーへと出かけてしまう。夕方を過ぎるとジャズの生演奏が始まるのだ。

フロアは閑散としている。大きめのソファに沈み込む様にして座り、ノートパソコンを開き、ネット記事を読んだり、あれこれとメールを確認したり、原稿のメモをしたりした。バンドの演奏を眺めて、ビールを口に含む。親しい友人からの文面が目に止まった。……アメリカの左下、カリフォルニアの海は、日本と向かい合っているというメッセージの書き出しだった。確かにそうだとあらためてうなずいた。

旅空でどうぞ読んでみてはという気持ちなのだろう、友の文章が詳しく語りかけてくれる。九州や沖縄のウミガメは一路、そちらを目指すのだ、と。Tの海景を思い出した。五千匹ほどの子ガメ達は、カリフォルニアを目指して進む。そしておよそ三十年後に大人となり、産卵のために日本へと帰ろうとする……、しかしこの往復において無事に戻ってこられるのは、その中で一匹ぐらいなのだ。

凄い奇跡だ。たくさんの仲間たちは太平洋を行き来する旅の途中で、つまみ出されるようにして他界へと泳ぐしかないのだろうか。壮絶だ。

少し夜の散歩をしてみたくなった。ためらいがあった。気がつけば私一人だった。ここで席を立って外をぶらぶらしに出かけてしまうと、演奏を聴く観客が誰もいなくなってしまうのだった。しかし酔いの心地よさとともに、潮鳴りが聴きたくなった。十分程もあればたどりつく水際で風を受けてみた。誰もいないロビーでカリフォルニアのジャズが止めどなく流れていることが切なく感じられた。

流れる雲は大気の家。
異土の丸々とした月が明かりをこぼしている。
この海は日本まで続いている。
風とともに動いている。
五千の命のほとんどが泡となっていく。
生きることは寂しい。
選ばれた、最後の一匹は本当に孤独な存在だ。

Yさんとご家族の顔と、そして娘さんの話が浮かんできた。

想像が絶え間のない波のように続いた。

甲羅が、金の光を優しく浴びながらTの岬へと向かっていく。

大きなものに抱かれて揺られている流木の傍らを抜けていく。

和合亮一　わごう・りょういち

詩人。1968年福島県生まれ。高校教諭の傍ら詩作を行う。作品は早くから評価され、中原中也賞、晩翠賞などを受賞。東日本大震災では被災6日目からTwitterにて福島の現状を詩の言葉で伝え続けた。詩集『詩の礫』はフランスでも翻訳・出版され、第1回ニュンク・レビュー・ポエトリー賞を受賞。詩作のほか、合唱曲の作詞、演劇、オペラ、合唱劇、ラジオドラマの台本を手掛ける。著書多数。前作となる詩集『QQQ』にて萩原朔太郎賞を受賞。

Transit　著者　和合亮一／２０２１年３月12日　初版第１刷発行／装丁　鈴木千佳子／組版　小林正人（OICHOC）／発行人　村井光男／発行所　株式会社ナナロク社　〒１４２－００６４　東京都品川区旗の台４－６－27　電話　０３－５７４９－４９７６　ＦＡＸ　０３－５７４９－４９７７／印刷所　中央精版印刷株式会社／
Printed in Japan　ISBN 978-4-86732-002-0 C0092